O impostor

Edgard Telles Ribeiro

O impostor

todavia

Para Angelica, minha mulher
e
Elis, minha neta

Que saudade do futuro.

Murilo Mendes

I

— Em que é que você está pensando?

— Em nada. Estou lendo sobre essa nossa viagem. Às vezes me pergunto por que demoramos tanto para visitar a Itália.

Marisa não parece ter registrado o que eu disse. Telefona para a portaria, pede mais cabides para suas saias. Estamos nos instalando no Hotel Garibaldi, em um quarto com direito, como nos assegurara a agência brasileira de turismo, a uma vista parcial da baía de Nápoles. Marisa cuida de nossas roupas. E eu folheio o guia turístico obtido na recepção.

— O que eu me pergunto — ela comenta — é por que começamos por Nápoles e não Roma. Ou Milão e, dali, Veneza. Teria feito mais sentido.

Traduzo em voz alta um trecho selecionado de meu folheto: "Trata-se da terceira maior cidade da Itália. Com uma população de um milhão de pessoas, é dotada de rico acervo artístico, parte do qual inscrito pela Unesco como Patrimônio da Humanidade".

Patrimônios. Os pessoais pesam tão mais... Hoje, quando viajo, evito regressar às cidades nas quais criei raízes em outras épocas. Voltar aos locais onde vivemos em fases distintas de nossa vida, felizes ou infelizes, sempre provoca uma curiosa sensação — próxima à intimidade.

Mas uma intimidade apenas resgatada, vulnerável ao assédio de uma profusão de memórias superpostas e desencontradas... Dos restaurantes frequentados com amigos que se foram aos cinemas que já não exibem as obras-primas que nos emocionaram no passado. Da mercearia da esquina que cedeu espaço ao McDonald's aos parques onde nossos filhos brincavam quando crianças — e que ressurgem cercados de grades por todos os lados.

Um velho e conhecido desafio, esse, o de tentar transpor os limites criados pela familiaridade ao lidar com novas realidades. Talvez o que de mais semelhante exista ao distanciamento sugerido pelas miragens. Como a que agora me leva em busca do Vesúvio de minha infância.

2

— Este aqui é seu tio-bisavô — disse minha mãe. — Pouco antes de cair no Vesúvio.

O tom de voz soara normal. Como se o que acabara de dizer não passasse de um acontecimento corriqueiro.

— No Vesúvio? — perguntei. — *O que é* o Vesúvio?

Ela não respondeu de imediato. Dediquei-me então a examinar a fotografia amarelada nas bordas, de onde um homem esguio metido em roupas de outra época me dirigia o olhar. Aos dez anos de idade eu não tinha como situar um ser tão remoto. Aqueles trajes estranhos, os bigodes que pendiam de cada canto da boca, a expressão entristecida cravada na minha... Nada naquela imagem me era familiar.

— Um vulcão — a explicação chegou por fim em um tom didático. — Fica na Itália.

O que é que ele estaria fazendo por lá?, ainda pensei. Mas não foi essa a pergunta que fiz:

— Ele sabia que podia cair?

Ocupada em transferir para alguns álbuns as fotografias da família que, por anos a fio, haviam convivido de forma desordenada em uma velha chapeleira, minha mãe não pareceu dar atenção à pergunta. Mostrou-me outro retrato:

— E esta aqui é sua tia-bisavó, no dia do casamento. Olhe só que engraçado o vestido de noiva dela...

E em uma voz mais baixa:

— Nunca mais casou.

Já nem me recordo se mamãe chegou a mencionar o nome desse meu tio-bisavô. E as pessoas que hoje poderiam me falar sobre ele estavam todas mortas e enterradas. Acabei sem nada saber a seu respeito, que idade teria ao desaparecer de forma tão insólita, que profissão exercia, o que faria na Itália e, mais importante para mim, as razões que o teriam levado a subir até a cratera de um vulcão.

Volta e meia me pergunto se não teria havido espaço, em sua história, para um suicídio. Sempre achei precoce a pergunta que fizera a minha mãe. Pergunta que, por mero instinto talvez, ela preferira ignorar.

Ele sabia que podia cair?

O fato é que sempre que um vulcão entra em erupção, o que ocorre com certa frequência em alguma parte do mundo, e assisto na TV às cenas que dominam a tela, lembro-me desse diálogo de minha infância. Com o passar dos anos, o homem esguio se tornaria um mistério para mim. Uma percepção que logo daria origem a outra, mais penosa de administrar: meu pobre parente fora tragado, não tanto pelo Vesúvio, mas pelo esquecimento. Não fosse seu vulto perdido entre tantas imagens na chapeleira de minha mãe — um refúgio, em si mesmo, peculiar —, ele nem sequer teria existido em minhas lembranças. Alguém mais, na face da Terra, pensaria nele hoje?

Mas naquela manhã distante ele renascera — e ocupara todos os espaços disponíveis em minha imaginação. Tanto assim que, horas depois, procurei obter de meu pai uma informação que contribuísse para esclarecer o enigma.

— Não foi o primeiro brasileiro a cair no Vesúvio — ele me disse enquanto fazia a barba. — Antes houve outro. Um escritor.

Sem me dar tempo de avaliar os prós e os contras de suas palavras, ele foi um pouco além:

— De toda forma, a família de sua mãe está cheia de gente que vive caindo dentro de vulcões.

É possível que, navalha na mão, ele sorrisse debaixo da espuma que cobria seu rosto. Difícil saber. O certo é que sua frase me deixara ainda mais intrigado. Optei então por arquivar o assunto. Senti que esbarrara em algo que não conviria investigar de perto. Meus pais tinham suas diferenças, como eu sabia.

Do episódio, além da fotografia de meu tio-bisavô que enfiei no bolso (e anos depois perdi), conservei uma impressão difusa. Tanto meu pai quanto minha mãe tinham lidado com a situação recorrendo a palavras que destoavam entre si. No caso dela, produzindo simples informações. No dele, levantando uma hipótese no mínimo suspeita.

O conjunto conferia ao mistério uma dimensão escorregadia, beirando o mal-estar. Tinham falado de coisas a um tempo visíveis e invisíveis, sendo que as invisíveis diziam respeito à família de mamãe — da qual meu pai, com a tranquilidade de quem nada mais fazia além da barba, se excluíra por completo. Diziam, portanto, respeito a ela — e a mim, na condição de seu filho. Desde então, e por muitos anos, temi cair dentro de vulcões, com os quais passei a sonhar com certa frequência. E risquei a Itália do mapa de meus projetos mais pessoais.

Descobri, na adolescência, que o escritor a que se referira papai antecipara-se de fato — em pouco mais de uma década — à proeza de meu tio-bisavô. Chamava-se Silva Jardim. Um polêmico republicano, esse personagem: proclamara aos quatro ventos ser necessário guilhotinar d. Pedro II. E, com ele, a princesa Isabel.

Uma figura exaltada, segundo consenso da época, que morrera quando uma fenda na encosta do Vesúvio se abrira a seus pés, levando-o a desaparecer diante dos olhos de um amigo — e do guia que acompanhara os dois na excursão. Um acidente, segundo os registros daqueles tempos. "*Morreu como viveu*", proclamara um conterrâneo dele em um jornal de Minas, "*cercado por lavas e chamas*."

Nada mal como epitáfio... Pontos para o mineiro anônimo que deixara aquele pequeno registro, século e meio atrás, em um panfleto hoje esquecido.

3

No avião, não tínhamos comido ao despertar. Estamos famintos, Marisa e eu. No restaurante do hotel, alguns poucos hóspedes ainda tomam café da manhã.

É verão... Noto que umas moscas também nos fazem companhia, o que introduz uma nota dissonante nesse nosso princípio de viagem. Uma sensação que me transporta para a infância, quando uma jogada infeliz de dados no tabuleiro com o qual brincava com meus primos me obrigava a retroceder várias casas e a recomeçar do zero.

A verdade é que não esperava encontrar insetos de espécie alguma em um hotel dessa categoria (com vista parcial para a baía de Nápoles, ainda por cima). Mas a jovem que nos serve o café é amável e a sonoridade de suas palavras me reanima. Pergunta-nos quantos dias ficaremos na cidade, de onde viemos e para onde vamos. Segue de perto um roteiro predeterminado, que seguramente recita para cada hóspede recém-chegado, mas se expressa com o frescor de quem enuncia suas frases pela primeira vez.

Marisa, que estudou italiano quando jovem e é, por natureza, mais expansiva que eu, fornece informações que nossa anfitriã retoma em uma voz harmoniosa. Mais do que uma língua, ela nos embala em uma melodia familiar de filmes e canções. Por meu lado, acompanho com um ar interessado o que vai sendo dito enquanto bebo meu café. A cortina da janela aberta se move com a brisa. Amparado por ela e pelo cântico da garçonete, nosso périplo italiano recobra o ânimo.

A moça nos deixa e Marisa sorri, satisfeita. As duas fizeram uma pequena viagem juntas. Quanto a mim, penso em meu parente. Com a chegada a Nápoles, as distâncias entre nós haviam encurtado, tornando-o menos remoto. Onde teria se hospedado? Em algum lugar desta cidade dormira com certeza. Perto ou longe de nós? Em uma pensão qualquer? Na época, imagino, não deviam ser muitas as hospedarias abertas a forasteiros.

Sigo Marisa até o bufê. Ela começa pelas frutas e escolhe seu iogurte. Já eu inspeciono os pães, de olho nos queijos e frios. E registro que as geleias estão cobertas. Melhor assim, regressarei por elas. Cruzo com a jovem garçonete. Como não domino sua língua, indago se fala inglês.

De volta à mesa, transmito a Marisa as informações recolhidas:

— O hotel data dos anos 50. Foi reformado nos anos 90. Antes, havia aqui uma mansão. Um palacete, destruído durante a guerra. E as geleias estão tampadas. Não há perigo de que as moscas cheguem a elas antes de nós.

Marisa, que consultara diversos guias ainda no Brasil, anuncia os planos para nosso dia. Quer nos levar ao Duomo di San Gennaro, ao Palazzo delle Arti, deseja ver a fachada do Teatro San Carlo e, se possível, visitar seu interior. Depois do almoço, quer tomar um barco para passear pela baía. Sugere também que visitemos a igreja Pio Monte della Misericordia ao final da tarde.

— O que é que tem lá?

— Um esplêndido Caravaggio, atrás do altar.

— Ótimo.

— Poderíamos almoçar no porto — ela diz ao regressar de uma segunda ida ao bufê. — E deixar os castelos para amanhã.

— Os castelos?

— Castel dell'Ovo... — ela recita. — Castel Nuovo, Castel Sant'Elmo...

Uma memória prodigiosa, a dela. No que me diz respeito, nada sei de Nápoles além dos dados obtidos há pouco em nosso quarto. E prefiro assim. Quero que a cidade me abrace e me seduza suavemente — e não o inverso. O que teria eu para oferecer a cenários frequentados em outras eras por cavaleiros errantes de maior porte e distinção?

Percorreremos então, Marisa e eu, em nossas trilhas paralelas, mais uma cidade desconhecida. Ela de guia e mapa nas mãos, atrás de trajetos demarcados, eu com os olhos voltados para os telhados, os potes de gerânios nas janelas entreabertas, as nuvens soltas — e o passado alheio. No qual me insinuarei, em havendo brechas.

Gosto muito de cinema, uma paixão da vida inteira. E é Anna Magnani quem revejo. Debruçada em uma sacada, ela acena para um jovem a meu lado. Trata-se de Vittorio De Sica, ninguém menos. Da calçada, ele retira o chapéu e se inclina cerimoniosamente para a jovem. Com um sorriso que agora passeia por meus lábios.

Enquanto caminhamos, continuo a recuar no tempo e a imaginar a cidade em preto e branco. E fecho novamente os olhos por uns segundos. Os bondes que circulam por perto soltam faíscas e balançam sobre seus trilhos, como os de minha infância no Rio de Janeiro. Trêmulos, ruidosos e desequilibrados, nada têm em comum com seus herdeiros alaranjados, que descubro ao reabrir os olhos. Novos e reluzentes, deslizam em silêncio a nossa volta, obedecendo a regras precisas e horários rígidos. Mas, reconheço ao entrar em um deles, são confortáveis.

Um hábito que Marisa e eu sempre cultivamos, esse de pegar um bonde ou um ônibus em uma cidade que aos poucos entra em cena — e ir até o fim da linha. E é o que fazemos. Atentos ao familiar, abrimos espaço para o inesperado.

Circular nesses veículos coletivos por cidades recém-descobertas é como explorar territórios que fazem parte da memória alheia. Daí que meus trajetos mais pessoais sempre incluem um aceno secreto ao morador desconhecido, a quem costumo pedir licença antes de invadir suas paisagens.

4

Meu avô materno veio ao mundo em 1907. Disso eu sabia. Em criança, visitava-o com frequência. Deduzo então que meu remoto e misterioso parente — de quem meu avô era sobrinho — deverá ter nascido em algum momento da segunda metade do século XIX. Nos tempos em que Silva Jardim já publicava seus artigos incendiários em impressos distribuídos de madrugada pelas ruelas das cidades mineiras.

O incidente de que meu parente fora vítima ocorrera, portanto, no início do século XX. Diria até que antes da Primeira Guerra Mundial, pelos trajes capturados na fotografia — da qual nunca me esqueci.

Viera certamente de navio para a Europa, de *vapor* como se dizia na época. Viajara sozinho? Ou acompanhado da jovem que, meio século depois, ainda metida em seu vestido de noiva, continuaria a lhe fazer companhia na velha chapeleira de minha mãe?

Uma longa travessia, a dele... Que livros teria lido a bordo? Autores estrangeiros? No original ou em tradução? Como teriam sido aqueles dias passados em alto-mar?

E a dúvida que não cessara de martelar minha cabeça: ignoraria de todo o destino que o aguardava? Ou nele pensara no convés superior, debruçado sobre as ondas do mar, o olhar perdido na escuridão da noite?

Sinistro o oceano... Em criança, aos três ou quatro anos, eu viajara de navio com meus pais. De dia, com o sol a pino brilhando sobre as águas, era estranha a sensação de inclinar a cabeça na direção da espuma e imaginar que, logo abaixo da superfície, algo havia que, por quilômetros a fio, não tinha fim. Depois que escurecia, então, ficava mais difícil ainda controlar a ansiedade. Aprendi, ali, a conviver com um medo vizinho ao pânico, enraizado no mais absoluto desconhecido.

Era jovem, meu tio-bisavô, tinha a vida pela frente. Seu destino, no entanto, estava traçado. Qual teria sido o horror maior: o salto deliberado? Ou o acidente inesperado? Seguidos, em ambos os casos, da descida cratera abaixo, tal um palito de fósforo pulverizado?

Um homem que viera de longe para não voltar... Hospedara-se em uma pensão de Nápoles e, sem deixar registro algum de seus últimos momentos (a ceia regada por uma taça de vinho, o cigarro fumado relendo uma antiga carta, o breve diálogo com a camareira, o banho quente de banheira), fora tragado pela terra. No que me dizia respeito, a isso se resumia sua biografia.

São poucos os passageiros em nosso bonde, pelo que noto. Enquanto observo os prédios que passam, penso que talvez tenha chegado a hora de propor a Marisa, com o tato e a naturalidade que a sugestão exige, um passeio até o Vesúvio.

De longe, escuto a voz dela:

— Vamos descer aqui?

— Mas não chegamos ao fim da linha.

— Não importa. A vista é bonita.

Romper tradições faz parte do programa. E, tudo somado, a mudança de planos cai bem. Aqui fora a brisa substitui com vantagem a temperatura controlada do bonde, que já desaparece em uma curva da paisagem.

Marisa aproxima-se do parapeito abaixo do qual a cidade se agita. E sugere uma fotografia. Pelo menos essa não buscará refúgio em uma chapeleira. E é improvável que algum descendente meu, se a ela tiver acesso um dia, perca três segundos tentando decifrar o que esconde meu olhar. "Este aqui é seu tio-bisavô...", explicará alguém. "Dizem que foi um bom tradutor. Fora isso, dele nada se sabe."

Nem no Vesúvio ele caiu...

Por nosso lado, o que não sabemos é fazer selfies — as que tentamos produzir tendem a sair tortas ou enviesadas. Peço a um casal de asiáticos que nos fotografe. São alegres e gentis. O rapaz nos enquadra, enquanto a moça sorri para nós de modo encorajador. Apoiados contra o parapeito, aguardamos. Registrado o flagrante, agradecemos e nos despedimos. Enfio meu iPhone no bolso com a falsa naturalidade de quem nasceu acoplado a ele.

Pôr um vulcão em cena de modo simples e corriqueiro, como fizera minha mãe com grande categoria havia anos, não seria tarefa fácil. Marisa é mais chegada a museus e galerias. Ou, no polo oposto, a cenários ao ar livre, mas que tenham por alvo paisagens amenas e tranquilizadoras. Nada, até onde sinto, que acomode um vulcão.

— Você não gostaria de visitar Pompeia? — indago então.

5

Pouco antes de o avião pousar em Nápoles, eu cedera ao cansaço e adormecera por fim. Até aquele instante, lera. E vira dois ou três filmes, nos quais prestara pouca atenção. Mal fechara os olhos, porém, caíra em uma armadilha.

Em um espaço que parecia corresponder a um salão de festas de um clube de interior, no qual as mesas e cadeiras tivessem sido afastadas para ceder lugar a uma área livre, eu cantava para uma plateia que me observava em silêncio. Mais do que interessadas, as pessoas pareciam sobretudo atentas. Como se, em um primeiro momento, estivessem dispostas a me conceder o benefício da dúvida. Acho que me conheciam, mas não eu a elas.

O que fluía de minha boca, no entanto, não se assemelhava à letra de uma canção. E menos ainda a uma sequência composta de palavras inteligíveis: não passava de uma sonoridade estranha, que se pretendia melódica, mas que saía rouca e arfante de minha garganta. Dominado pelo constrangimento, eu deslizava pelo salão em um percurso que não obedecia a coreografia alguma, nem parecia estar em sintonia com os ruídos que eu emitia.

Meu patrimônio de credibilidade junto ao grupo a minha volta reduzia-se a cada passo e a cada grunhido, mas não havia nada que eu pudesse fazer, pois me encontrava aprisionado a uma cena da qual não tinha como escapar. Um único pensamento consumia minha atenção: *a qualquer instante eles perceberão — e serei desmascarado.*

— Em que é que você está pensando?

— Em um impostor.

Por vezes minhas respostas me surpreendem, de tão inesperadas. Não é a primeira vez que o fenômeno se dá nem será a última. Esse gênero de descontrole me deixa sem ação. Porque o som das frases nem sempre corresponde à memória que delas tenho ao concebê-las. Tampouco poderia afirmar: *Não é bem isso que eu quis dizer.* A brecha que separa os dois tempos, da concepção à fala, é de tal forma ínfima que chega a ser desconcertante. As palavras perdem então sentido e o que delas resta acaba sendo a brecha. Um complicador a mais em minha desordem.

No avião, eu escapara do clube fatídico onde cantava graças ao solavanco da aterrissagem. E, agora, fora salvo do constrangimento por minha mulher. *Um impostor?* Ela pega minha mão. *Não...,* parece sugerir.

E é de mãos dadas que caminhamos ruela acima.

Só que Marisa me observa, atenta ela também. Teria estado no salão daquele clube, uma testemunha involuntária a mais de minha patética performance? Seu olhar nada diz de sua reação a minha resposta, nele não vejo nem surpresa nem dúvida. Mas indiferente ela não está.

— Está difícil? — ela arrisca.

— Um pouco.

Um pouco... Falei sobretudo para não deixar o silêncio pesar. Meses antes de viajarmos tive um problema neurológico. *Ligeiro,* havia assegurado o médico sorrindo. Perdi a fala e desapareci em algum lugar, do qual não consigo me recordar. E por lá fiquei.

Decorridos vários dias de hospital, fui lentamente voltando a mim e, nesse processo de assunção, a fala teve a delicadeza de subir à tona comigo. Mas ignoro onde estive — e o que deixei para trás em meu percurso.

Trouxe a tiracolo, em compensação, cenas até ali perdidas — a fotografia de meu parente entre elas. Com a imagem, ressurgiu a lembrança da chapeleira de minha mãe. Prático, sair de minhas trevas — uma jornada em si mesma memorável — acompanhado desse modesto volume, leve e arredondado, mas estranho e obsoleto, como se representante legítimo fosse da bagagem de uma vida inteira.

Em certa medida eu também caíra dentro de um vulcão. Só que dele fora expelido. Restava investigar as riquezas colhidas a tão duras penas. Às quais, no entanto, por vontade própria, não tinha acesso.

Como no caso da fotografia de meu parente, as lembranças, quando surgiam, vinham do nada. Mas eram dotadas de vida própria. Cabia a mim, apenas, aguardar que me tomassem de assalto. Como se, de protagonista, eu tivesse me transformado em espectador. E me encontrasse instalado na arquibancada de um circo cujos integrantes ocupassem o picadeiro, mas já não fossem palhaços, leões, mulheres barbadas, homens cuspindo fogo, trapezistas ou elefantes — e sim fragmentos desconexos, vagamente relacionados a mim.

Só que nem tudo é circo em minha chapeleira, como bem sei. Em dado momento as luzes se apagam e fico entregue às sombras, vulnerável às zonas nebulosas das quais não escapo. *O silêncio e a escuridão da angústia infantil...* É para lá que, mais velhos, regressamos como sonâmbulos.

Daí que Marisa transita de esposa a enfermeira. É provável que ela nem se dê conta do papel adicional que passou a desempenhar a meu lado. O que me angustia, no lugar de me reconfortar — seus cuidados pesam e se avolumam, em proporção inversa ao que ocorre comigo. Porque, de minha parte, encolho. E me mantenho agachado a um canto de meus pensamentos. Como falar de pessoas, cenas, objetos que me acompanham — mas presos a outras dimensões?

São bem-intencionados, naturalmente, esses cuidados de Marisa, que se traduzem por uma rede invisível de atenções.

Se, por exemplo, tivéssemos atravessado o Atlântico de vapor, como meu parente mais de um século atrás, e passássemos uns instantes estirados no convés em alguma chaise longue observando o mar — àquela altura encapelado —, ela certamente ajeitaria uma manta sobre minhas pernas.

Encapelado... De onde poderia ter surgido essa palavra, com a qual não me deparo há anos? *La mer houleuse*, em francês... *Choppy waters*, talvez, em inglês...

Traduções. Através delas vivi toda uma vida, perdido entre as minúcias de termos e expressões...

Já não me parece ter sido uma boa ideia descer do bonde antes do fim da linha. Começos e fins de linhas amparam trajetórias. Detenho-me na calçada e respiro fundo. Contemplo a contragosto a paisagem lá embaixo.

— O mar está encapelado... — comento.

— Daqui, mal dá para ver — Marisa diz por sua vez.

Nossa sintonia fina não funciona como antes. Retiro sua mão da minha.

What is the sound of one hand clapping?

6

De quando em quando, Marisa me confronta com uma pergunta direta.

— Você não se recorda de nada?

E eu invariavelmente respondo:

— Não. De nada.

Ultimamente, porém, não tenho me importado com a repetição do ritual. Porque sinto que meu nada vem mudando. Não que me recorde do que sucedeu, mas porque convivo melhor com a sensação de ter habitado o vácuo por um tempo que não tenho como avaliar. O nada tornou-se aceitável, ganhou consistência, conquistou até certa distinção. É algo que possuo. Um bem imaterial a mais em meu acervo.

Dei-lhe uma forma. Uma densidade. E, por assim dizer, passei a visitá-lo. Talvez porque tenha recebido do psiquiatra informações que, mal ou bem, acabei assimilando.

Trata-se de um homem sensível, cujas concepções me ajudaram. Como o paredão ajuda o tenista a praticar. Treino para um jogo que está sempre na iminência de começar.

Já Marisa disfarça mal sua preocupação. Por vezes evoca um detalhe:

— Foram vinte dias. Você desapareceu por vinte dias... Achei que não voltaria mais.

Por onde eu andara, onde estivera? Um privilégio, de toda forma, esses vinte dias, se comparados aos poucos segundos de combustão concedidos a meu parente e, antes dele, ao republicano Silva Jardim — em suas respectivas descidas rumo ao inferno. Com a seguinte diferença adicional: eu voltara. Chamuscado. Mas voltara.

Estamos sentados em um restaurante no porto, de frente para a baía. Aguardamos nosso almoço. Caravaggio, por sua vez, nos espera na Pio Monte della Misericordia. Tudo correu bem até aqui, exceto, talvez, pelo calor que a brisa do mar não consegue neutralizar.

Para minha surpresa, porém, nada de moscas no restaurante. Fato que contabilizo na coluna positiva. Na negativa, inscrevi certo excesso de turistas por onde temos andado. Mas o saldo entre prós e contras, até o momento, revela-se positivo. Como reclamar, além do mais, dos extraterrestres que se agitam por todos os lados com suas mochilas, celulares e garrafas d'água? Não seremos, nós também, viajantes? E, como eles, forasteiros? Ainda que não caminhemos em bandos como gafanhotos, nem falemos aos gritos ou nos fotografemos com sofreguidão?

Mais adiante, a caminho do Caravaggio, paro na porta de uma agência de turismo. Ela oferece excursões para o Vesúvio. Aponto para a foto do vulcão:

— Que tal?

— Pode ser...

Mínimo, o entusiasmo de minha mulher. Mas consegui pôr o vulcão em cena. E depois de amanhã, às nove e meia, seremos apanhados por uma van na porta de nosso hotel.

7

Alguns pesadelos me deixam ainda mais perdido. Ontem sonhei com meu melhor amigo. Ele está fora do Rio há um mês, em viagem com a mulher. No sonho, ele andava por uma calçada rente ao carro no qual eu me encontrava, aguardando o sinal abrir. Não sei quem estava a meu lado na direção, mas havia também outra pessoa conosco, sentada no banco de trás. Surpreso ao dar com meu amigo ali, abri a janela e gritei: "Heitor!". Ele se virou para mim com um sorriso no rosto, e eu logo vi que havia me enganado, era um estranho. Apesar disso, o homem apertou com firmeza minha mão, como se eu realmente fosse seu melhor amigo. Lembro que inclinei ligeiramente a cabeça e disse para quem estava sentado no banco de trás: "Não é ele...". Mas era tarde, o desconhecido, feliz com o reencontro, não soltava minha mão.

Sem transição, eu estava em casa e era noite. Marisa entrava na sala onde eu lia e anunciava: "O porteiro ligou, Heitor está subindo". Depois de um tempo ouvi a voz dela, vinda do corredor: "Pensei que o casal ainda estivesse viajando". O sujeito então entrava na sala e, ao dar com aquele rosto uma vez mais, o olhar familiar pousado em mim, eu acordava suando frio.

Como é que ele descobriu meu endereço?, preocupei-me nos primeiros segundos. Depois, já bem desperto e escovando os dentes, vali-me de uma dedução para conferir alguma lógica ao sonho: *pela placa do carro.*

Mas o que ficou comigo, o que calou fundo, foi a certeza de que o homem não passava de um estranho. Só que, para ele, eu era exatamente quem anunciara ser ao apertar sua mão: seu melhor amigo.

Qual de nós dois seria o impostor?, fiquei me perguntando ao longo da manhã, enquanto Marisa me arrastava de um castelo a outro. Essa indagação me levou ao pesadelo do avião. Seria esse o denominador comum a unir as duas cenas?

A determinação do desconhecido em me reencontrar parecia indicar que sim. E sugeria mais: *era eu o impostor*. Não cantara e dançara em um salão de festas perdido? Com resultados patéticos que tinham desafiado a imaginação de todos?

8

— O que houve? O que está te preocupando?

— Nada. Mas é que eu tinha entendido que seríamos só nós dois nessa excursão. Pelo visto o guia espera mais passageiros. E são dez horas.

— Você quer que eu pergunte ao motorista quantos seremos?

— Talvez não.

Vulcão para todos é que não faltará. Mesmo porque já decidi que, fazer a caminhada final até a cratera, não farei. Estou muito velho, tenho palpitações ao andar no calçadão de Copacabana.

Também, o que é que eu esperava? Chegar ao sopé do vulcão no lombo de uma mula? Como seguramente fizera meu antepassado? E dali em diante subir a pé até a cratera por trilhas tomadas pelas cinzas e por pedras calcinadas, um cajado nas mãos e, na cabeça, um chapéu de tirolês?

O importante é que eu veja o Vesúvio, à meia distância que seja. Para isso estou aqui. Isso e algo mais, que não consigo vislumbrar — mesmo que me esforce. Algo que passa por meu parente, mas não se limita a ele.

Meu parente.

Quero me sentar em um banco e ficar imaginando o que poderá ter ocorrido. Reconstituir, na exata paisagem por ele percorrida, seus derradeiros passos. Vê-lo desaparecer na neblina, com seus anseios e hesitações. Ou testemunhar sua caminhada, jovial e enérgica, sob o sol das primeiras horas da manhã. Separados, ele e eu, apenas pelo tempo. Mas unidos por uma mesma busca.

Qual...?

— Devem ser essas duas senhoras — ouço a voz de Marisa cochichar a minha direita.

Duas inglesas... É em sua língua que nos cumprimentam alegremente ao entrarem na van. O que me transporta de imediato a um romance que traduzi há alguns anos, *Duas inglesas e o continente*. Na época, havia ficado fascinado pelas jovens personagens do livro, tão vivas e atraentes. Uma delas tinha a saúde bastante frágil e começava a perder a visão. E eu? Estaria perdendo a razão?

Mas as duas inglesas que hoje nos acompanham têm nossa idade, quem sabe um pouco mais, o que me leva a redimensionar as proporções da aventura da qual sou parte. Fora uma tragédia inesperada, que fizesse um mar de lava engolir nossa pobre van, essa expedição ao Vesúvio nem de longe dignifica minhas expectativas. As duas senhoras atrás de nós confirmam meus temores: falam sem parar.

— Um pouco anticlimático tudo isso, não? — diz Marisa.

É sua maneira de brincar comigo. Se dependesse dela, teríamos optado por algum museu. Aperto sua mão, nossa sintonia fina restabelecida. De toda forma a excursão, mesmo reduzida a mero passeio, ainda é melhor que nada.

Nossas companheiras desandam a discorrer sobre a viagem que fizeram pela Toscana. Estão em final de férias e se proclamam encantadas com tudo que viram até aqui. Pergunto a uma delas o porquê de terem deixado o Vesúvio para o fim de sua jornada, já que amanhã regressarão à Inglaterra. Confrontado com o silêncio de ambas, ainda consigo dizer:

— É apenas uma curiosidade. De natureza pessoal.

Em lugar de responder, uma delas pergunta:

— E vocês? Por que começaram por um vulcão?

As três riem, Marisa de forma meio estridente. *É um ponto de entrada no labirinto*, tenho vontade de sugerir. Como outro qualquer. *Começos e fins de linhas...*, gostaria de acrescentar. Até que um princípio de verdade surge da boca de uma delas:

— Na realidade, não sei... Minha irmã vive tendo pesadelos com vulcões. Por isso, talvez, tenhamos preferido deixar essa visita para o final.

As três voltam a rir, mas agora com um grau maior de excitação na voz, como se pesadelos recorrentes, um instigante denominador comum a partir de certa idade, as levassem a um paroxismo de hilaridade. O motorista, sentindo-se excluído de tanta euforia, liga o rádio. Uma canção napolitana invade o ambiente e afasta de nós a sombra da noite. Aponto para a forma que surge em uma curva da estrada, mais próxima do que imaginara:

— Olhem!

Por alguns segundos tudo cessa a nossa volta — e as três mulheres se calam. Então, à distância, como que reagindo a um comando meu, o Vesúvio se deixa contemplar.

Peço ao motorista que pare a van e desligue o rádio. Mais do que a imobilidade do vulcão, é o silêncio que corta meu fôlego e me mantém suspenso entre dois mundos.

9

Dois mundos...

O que me leva a estar diante de uma massa de terra inerte e majestosa, que em certa época tremeu em suas bases causando devastação e morte. E o que me mantém imobilizado em um espaço desolado — rico em memórias extintas como o vulcão a minha frente. Seria mais fácil investigar o que ocorreu em Pompeia e Herculano, ruínas petrificadas no sopé dessa montanha, do que descobrir o que se deu comigo no interior de minha cratera.

— Não precisa se preocupar.

O sorriso que o desconhecido me dá é tranquilizador. Ainda assim, ele me examina com a ajuda de uma lanterninha. Olha-me com uma atenção que, aos poucos, cede espaço a um alívio contido.

— O senhor teve um ligeiro distúrbio neurológico. Mas está tudo bem.

Um ligeiro...

À falta de uma reação minha, ele prossegue com o exame.

— Acompanhe a luz com os olhos. *Isso...* Como é o nome de sua esposa?

— Minha esposa? Marisa.

Marisa... Terá acontecido algo com ela?

— A luz. Para a direita agora. O senhor tem filhos?

— Filhas. Duas.

— A luz. Para cima primeiro. Qual é sua profissão?

— Profissão? Sou tradutor juramentado.

Gostaria de explicar que me aposentei há vinte anos, depois que o cartório onde trabalhava pegou fogo. E que desde então traduzo livros, na maioria policiais. Mas o médico parece mais interessado em minhas pupilas.

Ao fim de um tempo, ganho um novo sorriso. E um afago no ombro.

— Não se preocupe. O senhor está bem.

É mesmo de mim, então, que se trata. Algo aconteceu que talvez tenha a ver com o jogo de minha infância. Continuo sem sorte e, agora, vou precisar enfrentar novamente meu tabuleiro, jogar meus dados ao ar e recomeçar do zero. Paciência. O vulto desaparece de meu campo de visão com um aceno. Volto a adormecer.

Movendo a cabeça no travesseiro, dou com a luz da manhã que se filtra na cortina de meu quarto. Pelo que sinto, estou sozinho. Onde andará Marisa? Fecho os olhos.

Algum tempo passou, tudo a minha volta foi agora tomado pela penumbra. Dou com meu neto a meu lado. Pego sua mão e a mantenho presa à minha sobre o lençol. *Meu fio terra...* É uma tentativa, nada tenho a perder.

— Felipe... Estou preso em uma paisagem, sem conseguir sair de lá.

— Onde?

Sua surpresa é genuína. Prossigo com a cautela que a situação exige.

— Na Itália. Estou diante de um vulcão.

— Sinistro, Vô!

Sinistro... Um belo divisor de águas. Na encruzilhada proporcionada por essa palavra nossas gerações se encontram e se separam. Para ele, o termo sugere prazer, exala admiração. Para mim, define limites. É tudo que deveria permanecer oculto — e, subitamente, deixa-se entrever. Como o oceano Atlântico de minha infância, que se perde em abismos inimagináveis à noite. Da mesma forma que meu vulcão e suas fendas.

Penetramos, meu neto e eu, por cortesia de uma palavra, no reino da ambiguidade. *Sinistro...* Um nicho modesto, se comparado à desorientação maior. Mas é um começo.

Para meu alívio, Felipe não parece preocupado. Os jogos eletrônicos fazem parte de seu cotidiano, com seus duendes e castelos transfigurados, cenários em que situações bem mais mirabolantes do que a minha se produzem. Outro dia ele me mostrou alguns deles, quando queimamos um baseado juntos. Flagrara-o sem querer fumando maconha em seu quarto. Passada a surpresa, ele optara por uma solução negociada e sugerira mansamente: "Dá um tapinha, Vô...".

Um baseado... Havia décadas que eu não fumava. Fechei a porta atrás de mim e dei um tapa, claro. E até dois. Como resistir? Muito bom o fumo dele, por sinal... Felipe sugeriu que eu me instalasse na poltrona abaixo do Che Guevara. E se voltou para a tela, concentrado em suas batalhas. Nada vi de mais alucinado, então, do que aqueles jogos eletrônicos. Aterradores e fascinantes. Sempre fomos muito chegados, meu neto e eu. Mas aquela cumplicidade inesperada nos aproximou como jamais.

— É mesmo sinistro... — concordo por fim. — Mas também é complicado. Porque lembro bem desse hospital, onde estou internado. E do qual até tive alta, imagine só! Tanto que viajei para a Itália. E, pelo que sei, continuo por lá... Nesse hospital, lembro-me bem, você veio me visitar. E me deu uma camiseta.

— Mas Vô... — ele interrompe. — Eu vim te visitar. E te dei uma camiseta.

— *Too young...*

— *...to give up!* Essa mesma. Está aqui no armário. Você quer ver?

Retenho sua mão na minha, impedindo-o de se levantar. Prefiro não mexer no armário. Sabe-se lá o que ele poderá conter? As roupas arrumadas por Marisa no Hotel Garibaldi?

— O problema é este: basta fechar os olhos e estou na Itália. Dentro de uma van, com Marisa e duas inglesas. Diante do Vesúvio.

— Que hilário, Vô. Me leva junto...

— Espere. Antes havia um vácuo. O vácuo ganhou uma forma. Antes era mais fácil... Mais fácil de administrar.

— Mais fácil... — Felipe repete.

Pela sonoridade de sua voz, porém, ele agora está preocupado. E se cala ao me ver de olhos fechados. Retirou sua mão da minha. *Meu fio terra...*

Mas confio em meu neto. Em sua juventude, em sua inocência. Queima fumo, além do mais, frequenta universos paralelos em seu computador. O que me acontece talvez lhe pareça menos esquisito do que a mim.

Engano meu:

— Vô...

— Oi...

— Tudo bem?

— Tudo. E com você?

— Estou meio perdido.

— Eu também, Felipe, eu também — consigo dizer. — O problema é esse, mas não é grave. Desde que eu descubra alguma chave. Como aqueles seus jogos. Com seus castelos, monstros, explosões e perigos, um mundo onde tudo muda, onde as pessoas desaparecem, reaparecem, trocam de cara e viram feras. Ou voam pelos ares. Só que...

A pausa, sem ser pesada, faz-se sentir.

— Só que...? — ele indaga, em um tom onde já detecto uma semente de ansiedade.

— ... tudo parece normal a meu redor. Lá e cá. Tão normal que acaba sendo assustador. Tudo que acontece faz sentido. É a montagem que torna o conjunto insustentável. É ela que responde pelo insólito. Pelos planos que se alternam, sem controle de minha parte.

Respiro fundo. E desisto. Antes, porém, ainda ponho em cena o detalhe essencial:

— Não conheço as regras do jogo.

— Não tem regras, Vô — Felipe afirma. — Fecha os olhos e deixa rolar.

10

Na viagem de regresso para o hotel nos mantemos calados na van. O motorista, porém, vem animado. Dirigindo-se a mim, propõe diversos tours para nosso último dia em Nápoles. E fala sem parar. Marisa pergunta em meu ouvido:
— Valeu a pena? Gostou de seu vulcão?
Gostou de seu vulcão? Como dignificar a pergunta com uma resposta à altura de tanto afeto e preocupação? Uma pergunta que leva meu vulcão a ressurgir como que domesticado?
— Não creio que ele tenha gostado de mim.
Olho para baixo. Uma das inglesas nos fotografara com o Vesúvio ao fundo. Essa é a imagem que mantenho agora na pequena tela entre minhas mãos, e que examino detidamente a caminho do hotel. Há, nela, um detalhe que me intriga.
— Na realidade, não sei — continuo. — Estou me sentindo muito cansado.
— Mas você ficou sentado naquele banco o tempo todo.
— Um cansaço pré-histórico. De minha história.
Como de hábito, Marisa não insiste e muda de assunto: faz planos para o jantar, tece considerações sobre nosso último dia em Nápoles.
Concordo com todas as suas sugestões, museus, galerias, igrejas, palácios. Mesmo porque sou levado por um súbito desejo de deixar Nápoles quanto antes. Mas preciso me comportar, não dar na vista. Não sei ao certo o que esperava, mas algo estranho ocorreu por aqui.

— Às vezes tenho a sensação de que tive dois distúrbios. Um *antes* e outro *depois* da viagem à Itália. O segundo fruto do primeiro, uma espécie de eco.

— Como *depois da Itália*? — ela volta a rir, só que o riso soa nervoso. — Nós estamos na Itália.

Nem sempre.

II

Mais do que as visitas do médico, as conversas com Felipe têm me ajudado. É pena que ele venha me ver tão pouco, agora que estou em casa. É meu único neto, gosto dele. Independentemente de nossos laços de sangue. É carinhoso comigo. Mesmo quando debocha um pouco de mim às minhas costas, age com afeto. Outro dia ouvi uma conversa dele com um amigo no celular: "Só queria descobrir onde é que ele compra o fumo dele... E que estoque! Não acaba nunca!". E como ria...

Mal sabe ele que devo meu fumo a uma cortesia da vida. E que meu estoque só terminará quando ela cessar. Uma questão que cedo ou tarde se apresentará para ele também.

Quando Felipe era menor, iniciei-o na ciência de fazer soldadinhos de chumbo. Trata-se de um hobby meu, herdado de meu pai. É muito relaxante fazer soldadinhos de chumbo. Depois ele cresceu e, aos poucos, foi se desinteressando da atividade. Mas, em criança, ele ficava fascinado com o processo de fundição das ligas de chumbo e estanho, a que se seguia a lenta transformação da massa derretida que, já dentro de seus moldes, esfriava e conquistava novas formas. E adorava me ajudar a pintar as figurinhas, que passavam de um cinza anônimo às mais variadas cores. Nossa intimidade começou aí, desse processo transformador cercado de cuidados, silêncios e minúcias. Talvez por isso ele se sinta próximo a mim, por força dessa comunhão que une infância e aventura. Os soldados perfilados tinham uma nacionalidade, uma vida comum de batalhas, muitas vencidas, algumas perdidas. Sonhos, também, e nem sempre de glória. Para eles, inventávamos famílias, amores, pequenos mundos...

Depois, quando Felipe estava mais crescido, levei-o algumas vezes ao Maracanã nas tardes de grandes clássicos e dele fiz um botafoguense fanático, para desespero de meu genro (que jamais me perdoou). Um dos sócios do antigo cartório onde eu trabalhara tinha acesso a algumas cadeiras especiais, coladas na tribuna de honra, um luxo que ajudou a fortalecer nosso companheirismo.

Com meu neto, então, dou sequência a minhas aventuras. Encontramos no passado amparo para o presente. Qualquer assunto serve de ponto de entrada no labirinto. Hoje, por exemplo, eu relia Camus quando ele chegou.

— É um escritor que você ainda lerá. Ele disse que a única questão filosófica digna de atenção é o suicídio.

No embalo, prossigo:

— Minha questão filosófica, a única que me interessa, sem a qual nem o suicídio poderia ser evocado, tem dimensões bem mais modestas: saber onde estou.

Paro por um instante. Penso que deveria estar tendo essa conversa com o psiquiatra e não com um guri de dezesseis anos. Mas trata-se de meu neto. E com ele sinto-me à vontade. Foi nessa idade, além do mais, que minha mãe me fez ler *O estrangeiro*. Amparado por essas credenciais, vou em frente.

— No fundo, meu problema é fácil de situar. Basta criar parâmetros. E um deles é espacial: encontro-me aqui ou na Itália?

Prudente, meu neto indaga:

— E o que é que você acha?

O que acho...

— Acho as duas coisas. Só que não juntas: às vezes uma, às vezes a outra.

Exatamente assim: às vezes uma, às vezes a outra. Dependendo de onde esteja.

— Como nossos dois horários da rádio MEC? — ele pergunta.

Uma das qualidades de meu neto é a velocidade de um raciocínio de origem associativa. Essa geração dele pode não ler ou ignorar uma fração mínima do que a minha inventariava como conhecimento, mas voa em determinadas dimensões com enorme desenvoltura. Por força desse dom, ele acaba de se recordar de que fundíamos nossos soldadinhos de chumbo ouvindo fitas cassete que eu gravara da rádio MEC, algumas datadas de muitos anos, mas todas com música clássica e breves intervalos para o noticiário. E Felipe sempre ficava espantado quando o locutor dava a hora certa, que jamais batia com a de seu relógio. *São dois tempos*, eu explicava, *o dele e o nosso*. E acrescentava: *cada um existe em sua dimensão*. Ele era muito pequeno, custava a entender.

Agora essas sementes esparsas de sabedoria dão seus frutos. E abrem espaço para que, em sua companhia, eu retome meu dilema.

— Se estou aqui, é porque nem saí do Brasil. E viajei, apenas, por cortesia de algum delírio.

As pausas foram inventadas para momentos assim. E meu neto aprendeu comigo a respeitá-las.

— Mas, se estou na Itália — prossigo —, tudo que ocorre aqui, nossa conversa inclusive, é mera recordação.

Ele insiste, talvez por não saber o que dizer:

— E não pode ser as duas coisas, Vô? Como os cassetes?

— Pode. Mas não é provável. E, se for, não sei se conseguirei lidar com o fenômeno.

E ele, sem hesitar:

— Então, se for para escolher, você está aqui — afirma categórico. — Não embarcou. Você está aqui porque *eu estou aqui*. E eu não sou uma recordação. Tanto que tenho dentista...

Olha para o relógio.

— ... daqui a uma hora! E preciso ir embora. Prometi a mamãe que não me atrasaria.

Bate em retirada, é normal. Em seu lugar, eu faria o mesmo. Mas não partirá sem antes ouvir minha última salva de tiros, derradeira homenagem a nossos valorosos soldadinhos de chumbo e a minha cratera mais pessoal:

— Só há um problema.
— Qual?

À distância, ouço o rufar dos minúsculos tambores.

— A camiseta.
— A que te dei?

Consegui, pelo menos, que ele voltasse a se sentar.

— Tenho uma foto nossa, tirada diante do vulcão, Marisa e eu.
— Uma foto?
— Ampliando um pouco a imagem na tela, dá para ler, estampada bem no centro da camiseta, com dificuldade, mas dá, *Too young...*
— *...to give up!* — ele exclama, endireitando o corpo na cadeira.

Na sequência, fixa os olhos em mim e, de repente alerta, faz a pergunta que me tira o sono desde Nápoles:

— Mas como é que pode, Vô?

Em seguida, porém, sem transição, balança a cabeça e ri. É uma risada cristalina, dessas que mostram os dentes para o absurdo — sem de todo ignorá-lo.

Com ela, Felipe procura eliminar o paradoxo de sua equação mais individual. Cada qual com seus problemas, parece sugerir com o olhar. No fundo, ainda é uma criança. E é nessa condição que prefere se divertir. Antes assim...

— Só que tenho mesmo que ir.

Dá um beijo em meu rosto e se levanta.

— Vou pensar no seu caso, Vô.

Com um pé no corredor, vira-se para mim. E completa, no tom de quem tampouco deseja fugir de sua parcela de responsabilidades:

— Afinal, quem te deu a camiseta fui eu...

12

A certa altura, o psiquiatra sugere que eu ponha meus sonhos no papel.
— No papel?
— Pode ajudar.
A mim, essa hipótese jamais teria ocorrido. Por saber que não há palavras em condições de resistir à comparação com um nicho de imagens. Misteriosas, por serem desprovidas de continuidade. Poderosas, por sua associação ao fantástico. Imagens que tudo sabem de nós. E nada escondem. Quanto a decifrá-las... *Ou traduzi-las...*
No sonho, minha mão esquerda fora amputada. Rente ao pulso. A necessidade, imperativa e inquestionável, não me angustiara nem me preocupara. Tratava-se de decisão tomada em ocasião anterior ao que me ocorria agora. Por pessoas acima de suspeitas, motivadas por razões que nem eram de meu conhecimento. Decisão que, exceto pela supressão de uma parte relevante de minha anatomia, de maneira alguma me afetara. Nada havia, na situação, de controverso ou traumático. Como se eu já tivesse nascido com a deformação. E ignorasse o que poderia significar ter tido uma mão esquerda.

O que me preocupava — e me fascinava — era me encontrar com um desconhecido, mais velho e bem mais alto do que eu, em um palco decorado como um jardim. E me sentir, a seu lado, tão jovem. Como havia anos não me sentia.

Enquanto caminhávamos entre palmeiras e arbustos, o homem recitava seus versos. Não tanto para mim, mas para uma plateia invisível. Expressava-se em uma língua estranha que eu próprio dominava, mas da qual não me recordo. Só sabia que, quando ele terminasse, caberia a mim falar.

Como ocorre nessas situações-limite, porém, eu ignorava o que iria dizer. Não conseguia me lembrar sequer da primeira palavra. Mas, à semelhança de minha mão ausente, esse fato tampouco pesava.

O que me interessava era ouvir meu parceiro de cena. Sabia que, a determinada altura, ele apontaria para o céu e indagaria: *Você está escutando?* Nesse exato instante, se o contrarregra estivesse atento nos bastidores, o som de uma avioneta sobrevoando nosso jardim seria ouvido das alturas. Era minha deixa para, por minha vez, abrir a boca. E recitar meu texto.

O que também prendia minha atenção era acariciar meu braço até chegar ao local onde estivera minha mão, sempre com a tranquilidade de quem se sentia em paz com sua ausência. Como se esta fosse uma exigência da peça teatral, algo que nada tivesse a ver com minha pessoa — e tudo com meu personagem.

Era isso então: eu não passava de um personagem em uma peça, da qual meu corpo se dissociara por completo. A avioneta cruzou os céus acima de nosso jardim. Obedecendo a seu comando, recitei meus versos:

Ó espelho, espelho meu,
Haverá impostor no mundo
Mais perdido do que eu?

Meu parceiro estacou a minha frente. Estávamos ambos de perfil para a plateia, em meu caso com o público à esquerda. Observei-o inclinando-se para mim, como se me visse pela primeira vez. E refletisse sobre o sentido de meus versos, em si mesmos triviais e até ridículos, reconheço — mas por culpa alheia. Nada mais fizera, como de hábito, do que recitar palavras de um autor. De uma peça infantil no caso, já que eu próprio não passava de uma criança.

Sobre nossa cabeça os refletores deram início a um fade--out, enquanto as cortinas corriam sobre seus trilhos. Na plateia, o público nos recompensava com palmas polidas. Ergui ao ar meu braço esquerdo, um gesto que passou despercebido: estavam todos às voltas com seus casacos. Porque, ao contrário do que sucedia em nosso jardim, lá fora nevava.

13

Combinei com Marisa que veria o psiquiatra uma vez por semana. Mas só por um mês ou dois, até me sentir bem. Dias depois de deixar o hospital fui até o consultório dele. Marisa me acompanhou, mas ficou lendo no saguão do prédio. Teria preferido que ela subisse comigo.

Examinei a saleta de espera com o sofá, as duas poltronas e a pequena mesa de centro tomada por revistas velhas, além dos três quadros nas paredes. Tudo somado, era uma sala modesta. Um médico que dedicasse parte de seu tempo a minha pessoa mereceria, como espaço para suas pesquisas, instalações melhores. Foi, pelo menos, o que pensei em um primeiro momento. Mas o edifício era decente, além de porteiro parecia contar com ar-condicionado central. E se localizava no início de Ipanema, não longe da Souza Lima, onde moramos Marisa e eu.

Estava entre curioso e preocupado. Nesse cenário, receava cair em alguma emboscada — e me tornar refém do médico. Ao contrário do que ocorria no hospital, onde eu me sentia mais seguro. A última coisa de que necessitava, em minha idade, era terapia.

Sei que ajuda. Tenho amigos que fizeram. Mas, hoje, já não teria paciência para terapias de qualquer espécie. Nem, a rigor, tempo. O que precisava era de remédios, de alguns bons químicos. Além de informações sobre o que se dera comigo. Dados que voltassem a me situar no mundo. Nos poucos quarteirões vizinhos a minha casa, que fosse.

Felizmente, porém, a conversa entre nós acabou sendo natural. Ele não se impôs nem fez muitas perguntas. Tanto que, a certa altura, para preencher um silêncio, acabei me soltando um pouco. Falei de minhas aventuras como tradutor.

— Quando teve o incêndio do cartório onde eu trabalhava, eu já vinha traduzindo alguns livros. Muitos, policiais. Gosto do gênero. Comecei quando minhas filhas eram pequenas e precisei completar nosso orçamento.

Simpático, revisitar essa fase de minha vida...

— Traduzia do francês, no início, Simenon em particular. Foram muitos os livros de Maigret... Entre as peripécias de meus personagens, e os meandros parisienses com suas brasseries e delegacias policiais, eu por vezes me perdia em meio às histórias. A ponto de não mais saber se estava imerso no original ou em sua versão. A sensação acabava sendo curiosa, uma espécie de vertigem. Mas uma vertigem protegida e amparada, emparedado que eu estava entre dois textos.

— Sei... — o médico diz.

Pelo olhar, porém, não estava distante. Parecia, ao contrário, interessado.

— Mas uma coisa é se perder no original, quando o leitor tem o direito de divagar nas entrelinhas. Ou o dever de divagar nas entrelinhas... Outra, bem diferente, é permitir que dúvidas se infiltrem na tradução.

— E por quê? As dúvidas não ajudam?

— Depende...

É difícil explicar, para quem não era do ramo. Para quem, como ele, lidava com as palavras de pinças e luvas nas mãos, para melhor avaliá-las. Sem abraçá-las. Sem ser abraçado por elas. Sem viver o corpo a corpo que dava tanta graça a meu trabalho.

— A tradução tem pouco espaço para respirar — acabei dizendo. — As entrelinhas de que dispõe são mais estreitas.

Aqui paramos juntos, em suspenso.

— O mesmo ocorre quando pensamos — continuei, preocupado com o que ainda viria. — E as brechas surgem. Algo sempre se perde entre a fala e a concepção.

— Entre a concepção e a fala?

Pensei em desistir. Olhei para a parede onde os ponteiros de um relógio marcavam um tempo que me era indiferente. E dei de ombros:

— Não é incomum nos perdermos nas brechas.

14

A caminho de Veneza releio um dos primeiros romances de John le Carré, que pretendo traduzir tão logo regresse ao Rio. Enquanto faço algumas anotações a lápis nas margens, Marisa cochila, a cabeça pousada sobre meu ombro. Conseguimos chegar a tempo de pegar o trem, apesar da demora em pagar a conta na recepção. Sentirei falta de nosso simpático Garibaldi.

O compartimento está relativamente vazio, apenas meia dúzia de pessoas dividem conosco os lugares disponíveis. A certa altura, depois de deixarmos os arredores de Nápoles e cruzarmos as primeiras paisagens campestres, levanto os olhos de meu livro e dou com o Vesúvio. Em meio à bruma, mal noto seus contornos. Mais adiante, porém, quando o trem faz uma ampla curva, o vulcão ressurge por inteiro, emoldurado pelo vidro embaçado de minha janela. Visão sombria, como que recriada para a ocasião pelas tintas de um pintor parcimonioso com a luz.

Volto os olhos para meu livro. *A Murder of Quality*. Difícil, esse título... Assassinato? Crime? Um assassinato de qualidade. Não funciona. A distância que separa *quality* de *qualidade* pouco tem a ver com a língua... Um assassinato perfeito? Também não. Um crime, então. Um crime de alto nível? Talvez.

Dada a vivência que tenho de cidades superpostas, que brigam entre si em dimensões distintas, receio o que me espera em Veneza. De que forma as realidades que me aguardam reagirão a minha presença?

O hotel que temos reservado está longe de ser o Grand Hotel des Bains, onde Thomas Mann se hospedara com a mulher e, anos depois, instalaria seus personagens ao escrever *Morte em Veneza*. Mas irei até lá e tomarei um chá em um dos salões do grandioso cenário. O que ocorrerá tão logo Marisa volte sua atenção para os pavilhões da Bienal, que abriu suas portas há três semanas e, como de hábito, atrai um bom público.

Quero estar só, nessa invasão do passado alheio. Um passado condenado à extinção pela epidemia de cólera que pairava sobre a cidade naqueles tempos. Fecharei os olhos e reverei o filme de Visconti, que prefiro à novela de Thomas Mann — para indignação de minha filha caçula que fez Letras na PUC. Mas como resistir a Dirk Bogarde derretendo de amores proibidos?

Como tradutor, além do mais, tenho um fraco por quem se apropria de uma obra-prima e dela faz algo ainda maior. Uma audácia, nunca uma afronta, que se inscreve na lista das provocações e, por vezes, dos feitos notáveis.

Com base nessas considerações, é provável que eu promova meu planejado chá a um bom *sherry*. E que, mais adiante, passeie pelas areias que unem o hotel às águas dos canais.

15

— Curiosos esses seus sonhos — escuto o psiquiatra dizer.
Estou de volta ao consultório. Mas dessa vez me mantenho calado, os olhos presos ao teto. Quantas cenas, projetadas pela imaginação de outros pacientes, não terão passado por essa tela anônima suspensa a três metros de minha cabeça?

Nas vizinhanças do século XX, em meio a uma quantidade de serpentinas e confetes, um vapor deixara lentamente o cais do porto na praça Mauá rumo à Itália, levando a bordo meu tio-bisavô. E eu era o único ser humano capaz de resgatar a imagem e projetá-la naquele espaço.

Aguardo. O quê, não sei. Um aceno distante de sua parte seria bem-vindo... Não tanto dirigido a mim, era esperar demais. À esposa, talvez? Com algum filho ao colo, que acenasse de volta? Despedindo-se de um pai que não reveria?

Difícil falar sobre isso com o médico. Com meu neto é mais fácil, Felipe é meu cúmplice. Não interfere nem me intimida. E nada espera de mim. As coisas entre nós fluem, como se extensão fossem de nossas antigas aventuras. Com ele consigo trazer qualquer coisa que me passe pela cabeça. Ele age da mesma forma comigo. Cinco décadas nos separam, outras cinco me distanciam de meu parente. Mas que importância real terão todos esses tempos?

No caso de Felipe, construímos tantos soldadinhos de chumbo juntos ao longo de sua infância, inventamos tantas batalhas, desenhamos e colorimos tantas paisagens de papelão, que não há de ser uma realidade vagamente distorcida que nos tirará do sério.

— São fragmentos — costumo explicar para Felipe. — Meus sonhos não passam de fragmentos de histórias que, em conjunto, me escapam.

Com ele posso recorrer a um tom didático sem parecer pedante. Por meio do subterfúgio, também explico melhor as coisas para mim mesmo.

— E alguns deles abrem espaço para plateias. Foi o caso do clube onde cantei. E da peça infantil da qual participei. Já o sonho do desconhecido, que tomei por meu melhor amigo, esse foi opressivo. Muito opressivo.

— Até eu fiquei meio assustado... — diz Felipe. — Ainda bem que você acordou. Antes que o impostor se aproximasse e te desse um beijo na boca!

Aqui rimos bastante, os dois. *Um beijo na boca! Só mesmo Felipe...*

— E esse estranho, que parece te perseguir... E ainda descobre onde você mora!

— *Descobre não*, Felipe. Esse é o grande tema: *ele sabe*. Ele sabe e eu não sei. Ou nem sempre sei. Onde moro. Ou a que lugar pertenço.

Meu neto escuta, entre fascinado e preocupado. Abre espaço para que o Outro se instale entre nós. Volta e meia esqueço que ele não passa dos dezesseis.

Sem transição, movido por uma recordação, mudo o foco da conversa:

— De certo, só sei que, nessa ida a Nápoles, não subi até a cratera. Não subi até a boca do vulcão.

— Vulcão? O da foto?

— Sua avó foi até a cratera — continuo em uma voz agora mais baixa. — Ela olhou lá dentro. Eu fiquei sentado no banco. Por quase duas horas.

O tempo de me aproximar ainda não tinha chegado.

16

Eliana me telefonou. Segundo ela, Felipe estava preocupado comigo.
— Por quê?
— Com seu AVC.
— Eu não sofri um AVC. Tive um ligeiro distúrbio neurológico. A terminologia consta do relatório médico submetido à companhia de seguros.
— O médico falou que você teve um AVC — minha filha insiste. — E disse isso a você.
— Disse?
— Disse, papai. Ele explicou que distúrbios neurológicos são *consequências* de AVCs. E essas consequências podem ser permanentes ou reversíveis. Em seu caso, felizmente, foram reversíveis.

Ela marca um tempo, depois prossegue:
— De toda forma, Felipe está grilado.
— Mas com o quê?

A verdade sai lentamente, cercada de hesitações e — imagino eu — de olhares impacientes voltados para o teto. Passa por uma confissão que algo tem de cômica.
— Ele acabou me contando que queimou fumo contigo.

Silêncio de parte a parte.
— Papai... Como é que você...
— Filhota... — murmuro, valendo-me da pausa indignada — ... nós dois também demos uns tapas quando você não passava de uma...
— Mas ele só tem dezesseis anos. Eu tinha vinte. E era casada!

Mais uma pausa. Cabe a mim retomar o assunto:

— E Felipe...

— Ele acha que foi o fumo. Ele está convencido de que você passou mal por causa da maconha que fumou com ele... E está se sentindo culpado.

— Loucura dele, querida.

— Loucura sua! Fumar com seu neto. Que ideia!

— Fiquei sem alternativa. Abri a porta errada. Achei que era a do banheiro. As duas ficam lado a lado.

Portas, sempre elas. De entrada. De saída. Lado a lado...

— Diga a ele para não se preocupar. E maneirar com os baseados. Quem sabe, agora, ele até fume menos? E esqueça um pouco aqueles jogos de computador nos quais se perde?

Filhas, netos, vulcões...

17

— O senhor parece gostar muito de seu neto... — o médico diz.
— E de conversar com ele.
As duas frases me surpreendem. Estaria a par de nossas conversas? Uma indiscrição de Eliana? Ou de Marisa?
Era possível.
Opto pelo diálogo — um velho hábito meu. O tradutor sempre dialoga consigo mesmo antes de se comprometer com a palavra eleita. Falo então do poder da imaginação, dos soldadinhos de chumbo, dos cassetes da rádio MEC, de nosso companheirismo. Mas, levado pelo afeto de tantas lembranças, dou um passo em falso: conto que digo a Felipe tudo que me passa pela cabeça. Coisas soltas.
Coisas soltas...
Dou-me conta da brecha. Como explicar a natureza de determinadas conversas? Quem sabe até imaginárias?
Outra dúvida me vem à mente:
— O que é dito aqui...
— ... também não sai daqui — ele me assegura sorrindo.
Volto a pensar na primeira casa do tabuleiro de minha infância. Os dados seriam confiáveis? Valeria a pena recomeçar do zero? Sem alternativa, vou em frente: preciso me manter no jogo.
— Minhas visões... — retomo com vagar — são bastante claras. Nítidas como filmes. Em foco e em primeiro plano. Só que elas nada têm de recriadas. São reais...
Nova pausa. E a sequência:
— ... tão reais como você, sentado aí em sua poltrona. Ou eu, sentado aqui na minha.

— Sei.
— Mas pode ocorrer, dependendo de onde eu esteja, que não passemos, você e eu, de personagens. Personagens evocados.
— Um espelho.
— Espelho? Espelho, não.

Novamente a dificuldade. E a estranha limitação de que se revestem certas palavras. Frustrante essa camisa de força.

— Espelho é um simples conceito, uma ilustração. Não algo de concreto, tangível. Espelho não ajuda, atrapalha. Faz parte do mundo das imagens, metáforas, analogias. Saladas como essas é que não faltam a meu redor.

A brecha entre nós dois aguarda, como se entidade viva fosse. E precisasse se alimentar de algo que fosse além do que vem sendo dito. São plantas carnívoras minhas brechas.

— É como se, visto do lado de lá, eu estivesse atuando. Em seu consultório, por exemplo. Aqui e agora. O Outro me observa. Pior: me julga.

E antes que o médico repetisse "*sei*":

— Se sou o Outro, aos olhos dele, então quem sou? Neste exato instante?

É a tonalidade de minha voz que me surpreende. Ecoa, mais do que soa. E vem de longe. Uma distância semelhante à que me separa da sala na qual me encontro.

Virá de Nápoles, cidade que deixei há pouco? Ou de Veneza, aonde nem cheguei?

Um personagem em trânsito, era no que eu me transformara. O que acontece quando a vida abre mão de narrativas mais lineares? E o impostor se debate em um espaço que já não tem como chamar de seu?

18

Os primeiros dias em Veneza são de intenso calor e puro encantamento.

A meu lado Marisa sorri, sua mão na minha. Eu mesmo de repente me sinto leve, quase feliz. Como havia muito não me sentia. Essa cidade me faz bem, percebo então. Se, dias atrás, o reencontro com o Vesúvio nas vizinhanças de Nápoles me abalara, Veneza agora me acolhia, acenando para mim com seus canais, como se braços amorosos fossem— às voltas com a missão única de me proteger. Eram águas que nada tinham de assustadoras.

Sem falar nos sorvetes... Devo ter engordado uns três quilos desde que chegamos à Itália. Agora, justamente, estamos na fila esperando a vez de escolher os sabores. Minha dúvida: *pistacchio* ou *stracciatella*?

Por vezes me lembro de meu médico. O que diria ele de diálogos que reduzissem a dimensão de meus dilemas a dois sabores de sorvete? E o que faria neste exato momento em seu modesto consultório? Apesar das riquezas a nossa volta, sinto saudade de meu refúgio.

— Que horas serão no Rio?
— São cinco a menos.

Duas da tarde! Hora de minha consulta!

— *Fragola* e *frutto della passione* — proclama Marisa. — Gostei das cores.

Típico dela, escolher os sabores por suas cores. De toda forma, haverá sorriso mais deslumbrante do que o dela? Enriquecido, além do mais, pela perspectiva de um passeio de gôndola pelos canais de Veneza?

De posse de nossos sorvetes, e de braços dados, tomamos o rumo da praça São Marcos, onde nos aguarda a clássica revoada de pombos.

— Uma brilhante ideia essa de seu médico — diz Marisa, colando seu corpo ao meu. — Um sonho, percorrer a Itália juntos... Não acha?

Um sonho? Acho, claro... Quem sou eu para discordar?

E ela, que algo intuíra sobre a natureza de meus silêncios e sempre soubera esperar por mim quando me via emparedado entre dois mundos, murmura com seu carinho habitual:

— E você, meu querido...

Olho-a de frente. Marisa, minha companheira... O único ser humano que talvez consiga dar uma volta completa em minha história e ainda pôr em cena uma verdade secreta, digna das mulheres da Renascença. A companheira que em algum momento perdi ao desaparecer em meu Vesúvio. Mas que poderei ter reencontrado na luminosidade de Veneza:

— ...você fez muito bem em retornar. E nos trazer de volta a nossa paisagem.

Nossa paisagem. Nos trazer de volta a nossa paisagem... Mais do que surpreso, suas palavras me deixam atônito. Seríamos dois, agora, os passageiros às voltas com a mesma viagem?

Uma coisa é certa: alguma barreira extraordinária Marisa terá vencido para chegar até onde estou. E essa certeza bate em mim com a força de uma revelação.

Será isso amar?

19

O bonde descia lentamente uma rua larga, recoberta por paralelepípedos. A princípio achei que ainda estava em Nápoles, em um bairro vizinho a nosso hotel. Mas o cenário era distinto e a luminosidade a minha volta, intensa. De meu banco consegui ver, à distância, a praça onde deveria descer. Mas o bonde não parou. Contornou a praça e emendou por uma ladeira. Optei por saltar na parada seguinte e andar de volta, ou pegar outro bonde no sentido inverso. Na parada seguinte, ele efetivamente parou. Só que uma mulher atravancou a saída e, de novo, não tive como saltar. Fechei a cara para a mulher. Mas ela se manteve indiferente a mim. Um homem sentado ao lado ergueu os olhos de seu jornal e deu de ombros. Na parada seguinte desci. Só que, agora, estava na sala de um apartamento. Diante de um amigo que não revia fazia tempos e com quem havia brigado anos antes — briga séria e rancorosa —, lembrança que me constrangeu. Mas na penumbra de sua sala notei que ele aparentava estar trinta anos mais moço. Aliviado por ter o que dizer, elogiei sua forma física com afeto e sinceridade. Ele sorriu e se limitou a murmurar "Precisamos voltar a almoçar juntos. Quem sabe um dia desses...". Enquanto isso Marisa passeava pela sala, inclinando-se sobre os quadros e objetos sem conseguir vê-los. Quando me dei conta de sua presença, pensei: *mas eu estava sozinho no bonde*. Entendi então não se tratar do mesmo momento. Deduzi também que meu amigo e eu ainda não tínhamos brigado. Faltavam anos para que o mal-estar envenenasse nossa amizade. O alívio experimentado logo cessou. E outras perguntas tomaram seu lugar:

para onde eu me dirigia naquele bonde? Era eu ou o Outro? Qual seria meu destino? Ou o dele?

— E as respostas?

Segue-se uma pausa que, a depender de mim, se prolongaria até o final dos tempos. Mas fui longe demais para me calar:

— Perdidas na brecha de sempre. Não tive como regressar ao instante em que a luminosidade das ruas cedeu espaço ao nada. E, deste, à penumbra na sala de meu amigo. Se houve alguma ponte entre esses dois instantes, ela se perdeu na brecha. Teria existido? A ponte sobre o nada?

Nova pausa, mas desta vez curta. E rompida por cortesia do médico:

— Pelo menos suas visões, seus quadros como o senhor costuma dizer, andam bem povoados, passageiros variados no bonde, um velho amigo resgatado do passado, Marisa sempre presente, ainda que fazendo figuração...

Mas atenta.

Lá fora chove. Penso no guarda-chuva que deixei aberto na sala de espera. Além de estar molhando o tapete, ele talvez intrigue o próximo paciente.

— É... Bem povoados.

Um mero eco essas minhas palavras. Mas logo acrescento:

— Só que não controlo o tempo de cada quadro. Exatamente como nos sonhos.

— Aqui, o senhor controla — ele diz com leveza. — Sua consulta dura cinquenta minutos. Durante esse tempo, o senhor está aqui, presente.

E conclui, satisfeito consigo mesmo:

— E, até onde sei, eu também.

— Fisicamente... — respondo de muito longe.

Ouvindo o som tranquilo da chuva lá fora, revejo os desenhos de minha primeira infância. Quando, nas longas tardes chuvosas, rabiscava em cima dos tapetes da sala.

— Você chegou a andar de bonde no Rio de Janeiro? — indago. — Quando era criança?

— Quando era criança? — ele repete com um suspiro.

Por pouco imagino que vá me dizer: "Nunca tive uma infância". Mas no lugar dessa revelação, que nos aproximaria de forma curiosa, ele simplesmente responde:

— Não.

Uma pena... Os trilhos desapareceram, enterrados sob sucessivas camadas de asfalto. Quando toco no assunto com Felipe, é como se mencionasse diligências ou zepelins. Meus veículos mágicos e seus reboques não passam de palavras em nossas conversas, despojados do brilho e das ressonâncias que, em seu tempo, lhes davam vida.

Bondes...

Nem o médico, apesar de homem-feito, tem ideia do que falo. Ou da carga afetiva que certas recordações trazem. São intransponíveis as distâncias que nos separam.

Sem falar nas distintas realidades que me rodeiam e que, em meu caso, mais se assemelham a compartimentos estanques. Como se eu me encontrasse preso a uma galeria de arte onde transitasse de uma tela a outra em obras expostas lado a lado. Circulo, assim, do consultório de meu médico em Ipanema, onde me vejo agora, a um passeio de bonde pelas ruas de Nápoles, seguido, talvez, por uma tarde passada em minha casa na companhia de Felipe, a instantes de rever Veneza amparado pelo sorriso de Marisa... Os cenários e as paisagens se conservam sempre nítidos. Daí a dificuldade em discernir a realidade.

— Escrevi sobre os bondes em meus cadernos — falo por fim, para dizer alguma coisa. — Seus reboques costumavam balançar nas curvas e...

— Os cadernos com os desenhos? — interrompe o médico.

— *Desenhos?* — pergunto por minha vez, como se despertasse de um sonho para cair em um pesadelo. — *Que desenhos?*

Tenso, busco abrigo no relógio da parede. A ansiedade bate e minha hora está longe de terminar. Por sua vez, o psiquiatra prossegue em velocidade de cruzeiro. Expressa-se com naturalidade, convencido de que fazemos progressos e que, em breve, chegaremos a algum lugar. Não se dá conta da fenda aberta a nossos pés.

— Marisa me mostrou alguns de seus cadernos — ele revela. — Contou que são quase vinte. Segundo ela, mal cabem em uma gaveta.

Marisa... A familiaridade com que ele menciona o nome de minha mulher destoa, soa estranha. Invasiva, até, como uma intimidade indesejada. *Meus cadernos! Com minhas anotações secretas...* Alheio ao mal que me faz, o médico ergue agilmente suas pontes, que eu queimo com igual velocidade.

— Muito interessantes seus desenhos — ele diz. — Tanto quanto os garranchos, que sugerem letras e por vezes até palavras, ou embriões de frases. Não ficam nada a dever a...

... *aos quadros de uma exposição*, penso, já perdido em outra tela. Na qual escuto apenas um som. O som de portas que batem. Que batem sem cessar.

20

Marisa decide-se finalmente pela visita à Bienal e me deixa só. Caminho pelas ruelas de Veneza, subo e desço as pequenas pontes estreitas, de olho nos telhados e nas janelas, perdido nas águas escuras dos canais. Tomo uma gôndola. Chego ao Lido e ao Grand Hotel des Bains.

O hotel poderá ter perdido a pompa de antigamente, mas algo conserva de sua majestade, que nem os turistas de bermudas e sandálias conseguem ameaçar. Em contraste, envergo o blazer azul-marinho que trouxe para a ocasião, com uma calça branca de linho e uma camisa de manga comprida. No bolso do blazer, meu John le Carré. E, nos pés, o mocassim marrom que Marisa me fez comprar em Nápoles.

— Não podemos deixar a Itália sem que você leve ao menos um par de sapatos — ela dissera.

— Você acha? — eu ainda hesitara, sabendo de antemão que cederia diante de sua insistência.

Na entrada do amplo salão, detenho-me por um momento e aspiro o ar que dera vida a tantas gerações antes da minha. Depois, já ambientado, sento-me próximo a uma mesinha, sobre a qual deixo meu livro. Duas palmeiras, presas a seus vasos, uma de cada lado de minha poltrona, separam-me dos visitantes. Comporto-me como se hóspede fosse do hotel, amparado que estou por meus trajes e minha idade. E abro o livro, na página marcada ao deixar o trem, pouco antes de embarcarmos com nossas malas no *vaporetto*.

— Nos veremos de novo, então... — escuto a voz do médico murmurar.

— ...na próxima semana, neste mesmo horário... — completo por minha vez, com um sorriso destinado à jovem que se aproxima de minha mesa.

— Deseja tomar algo? — ela pergunta amavelmente.

— Sim, obrigado — respondo sem hesitar. — Um *sherry*, por favor.

E depois de uma pausa:

— E o jantar... A que horas é servido?

21

Felipe me telefonou ontem. Ligou para saber se eu estaria em casa.
— Você sabe que quase nunca saio.
— Eu sei, Vô. Mas queria ter certeza.
Existia então um propósito determinado para sua visita. Como de costume conversamos em meu escritório, cercados por livros, incluindo os que traduzi (e que ele admira à distância), pastas repletas de papéis com anotações e cartas, quadros dependurados ou pousados pelos cantos, além de objetos de procedência diversa e fotografias variadas. Muitas, de amigos que já se foram. Entre elas, sinto falta da imagem de meu antepassado. Mas essa perdi há décadas. Terá existido?

Nesse espaço, Felipe tem sua poltrona e eu a minha. Por força de um velho hábito: desde pequeno, ele costuma se sentar ao lado de uma ampla gaiola de vime, que em seu tempo abrigou alguns pássaros e hoje hospeda uma samambaia. Trata-se de minha poltrona, mas isso ele não sabe nem saberá. Eu sempre a cedo, com renovado prazer, a meu jovem visitante. Desde o dia em que, mal tendo aprendido a andar, ele a escalou a duras penas e fez dela seu refúgio.

Também como de hábito, ele indaga pelo livro que tenho em mãos. Conversamos então sobre Saint Just e a Revolução Francesa. Explico que, embora menos conhecido que Marat, Danton ou Robespierre, Saint Just havia sido o mais jovem deputado eleito na Convenção de 1792, além de um notável líder militar. Mas que fora igualmente um dos mais radicais e sanguinários chefes da revolução — na fase conhecida como Reino do Terror.

Apelidado "Anjo da Morte", acabou sendo, ele próprio, guilhotinado aos vinte e seis anos junto com Robespierre.

— Alegre essa sua leitura... — Felipe diz quando concluo.

Os tempos eram outros, comento por minha vez. *Ou seriam iguais?* Bem como os valores, ainda tento emendar. E relembro o que dissera tantas vezes para ele quando criança — que não havia grande diferença entre o estudo da História e as muitas histórias que ele ainda leria nos livros que um dia passariam por suas mãos. Eram, todas, ficção e realidade, parte de uma única tela, ela própria herdeira de antigos pergaminhos, nos quais todas as narrativas se encadeavam com a mesma regularidade, fundindo os fatos às lendas.

— *Todas as histórias?* — ele sempre insistia, já abrindo o maior sorriso.

— Todas, as grandes e as pequenas. As trágicas e as heroicas.

E ele ria, de olho em mim, antes de encaixar por sua vez, todo animado:

— As chatas e as engraçadas. As perfumadas e as fedorentas...

As tristes e as alegres, as singelas e as melancólicas, as lembradas e as esquecidas. Todas juntas e irmanadas em uma aventura comum. Sem hierarquias entre elas, como na natureza. Onde cada organismo vivo em nossa cadeia biológica também cumpre seu papel.

Meu legado para o netinho, em poucas frases.

Noto, contudo, que Felipe está preocupado. Não há dúvida: viera em missão a minha casa. E parecia decidido a me comunicar algo. O que seria?

Interessante lidar com ele hoje em dia. Um adolescente, bem mais alto do que eu... Impossível, contudo, não deixar de vê-lo como um menino. Apesar dessa capacidade que ele tem de me surpreender. Como acabou fazendo, com sua curiosa ideia.

Quando me sugeriu uma maneira de enfrentar meus paradoxos.

22

Ao deixar o Lido, adormeço por alguns minutos na gôndola que me traz de volta a nosso hotel. Devo a sensação de moleza que me domina aos dois *sherries* tomados nos salões do Grand Hotel des Bains. Já embalado pelo torpor, recordo-me de uma palavra que, em menino, me intrigara. Estávamos passando uns dias na fazenda de um parente, no interior do estado do Rio. Na varanda, havia algumas redes. Erguendo-se de uma delas, papai comentou que acabara de *tirar uma pestana*. E a leveza dessa expressão me seduziu. Falas elípticas de natureza poética não faziam parte de seus hábitos.

Não me ocorreu que o termo fosse corriqueiro. Achei até que fosse da autoria de meu pai. A ele devia palavras que explicavam o mundo e davam sentido a minha existência. Como essa pestana, que embalava nosso sono comum. (Pois ele agora dividia comigo a manta que o gondoleiro oferecera para me proteger da brisa do mar.)

Meu pai... Algo saberia sobre impostores? O que diria de um confronto que os reunisse nas proximidades de um vulcão? Seríamos dois a chegar a minha cratera, como eu sabia. O Outro, como se de um clone se tratasse. E eu. Seríamos dois a chegar. Mas apenas um a regressar.

Minha mãe, com sua fotografia amarelada, abrira espaço para a viagem que eu vinha realizando. Indicara o percurso com discrição e à distância, como convinha. A meu pai, adormecido comigo sob a manta em uma pestana comum, coubera me tranquilizar. Com sua simples e silenciosa presença.

Um luxo adormecer abraçados em uma gôndola ao entardecer.

23

— Curiosa essa ideia de seu neto.

Em seguida, para matizar um pouco o endosso:

— E Marisa? O senhor já conversou com ela?

Sem entrar no mérito da questão, opto pela franqueza:

— Marisa não achou a ideia nada boa.

Na sequência, arrisco uma suposição:

— Acha complicado viajar para a Itália no verão. Pela multidão de turistas, fora o calor.

São meras ponderações, que não despertam maior interesse do médico. No fundo, ele gostaria de se deter na fotografia tirada em uma dimensão desconhecida dele e de mim. Ou na camiseta de Felipe, que perdi em algum hotel. São os temas que, para ele, contam. E que me incomodam.

Até entendo que possam ser fascinantes aos olhos de terceiros. Mas, aos meus, não são. A meus olhos são absolutamente normais. E é *isso* que me incomoda. Mais do que os fatos em si: ter de lidar com a perplexidade alheia.

Mas não há perigo de que esses assuntos venham à tona no momento. Continuamos a inspecionar o teto, o médico e eu. Como dois cartógrafos à espera de que o mapa da bota italiana se desenhe por si próprio entre o verde do Adriático e o azul do Mediterrâneo.

— Marisa só se animou — prossigo — quando se deu conta de que a Bienal de Veneza abrirá as portas de seus pavilhões em algumas semanas mais. E também...

— ...e também...?

— Ela fala um pouco de italiano.

Para o médico, tanto a língua quanto a Bienal representam aspectos secundários da questão. Por meu lado, começo a conhecer seus hábitos e, sobretudo, a natureza de suas pausas.

— Essa viagem poderia ser encarada por seu aspecto recreativo — ele principia.

Recreativo?

— O que nem por isso deixaria de lhe trazer benefícios adicionais por outras razões.

Estamos próximos do momento crucial.

— Uma rara oportunidade, a de visitar, e revisitar, um mesmo país.

Olhar significativo:

— *Simultaneamente.*

Segue-se a pausa, para que eu respire fundo e, com isso, administre seu achado.

— O problema — reconheço, decorrido um bom minuto — é que não me sinto preparado...

E murmuro:

— ... para esse gênero de viagem.

— Por quê?

Por quê?

— O que é, exatamente, que o senhor receia?

O que receio...

— Seria como um encontro de águas — admito por fim. — Entre águas de profundidades, temperaturas, colorações e correntezas distintas. Cada qual com monstros marinhos próprios.

— Mas a Itália também é a terra onde floresceu a Renascença — ele insiste, voltando a contemplar seu teto.

Atraca-se, como de hábito, à realidade. Um homem de sorte, com os dois pés firmemente plantados na terra.

— Na Renascença — comento por minha vez —, atribuíam aos loucos certos poderes, entre os quais...

— Entre os quais...?

— ... a capacidade de revelar verdades secretas. Ou perdidas.

24

— Esse reencontro com o Vesúvio... — diz o médico — ... poderá ser revelador.

Revelador... É muito e pouco ao mesmo tempo. Com o termo, ele me abandona à própria sorte em uma viagem que, no fundo, não desejo realizar. E é o que me leva a dar um giro de manivela em nossa conversa:

— O problema é que nunca soube se meu antepassado caiu ou se jogou.

— E por que essa sua dúvida teria importância? Hoje?

O médico tem razão. Um vulcão não representa um cenário imprescindível aos olhos de um homem inclinado a se matar. Representa apenas uma opção insólita.

— Para Camus, o único tema filosófico digno de atenção era o suicídio.

Ele agora se cala. Dificilmente enveredaria, com um paciente ainda instável, por uma trilha que pudesse levar à discussão da morte por vontade própria.

— Ontem, almoçamos todos em família lá em casa — outro giro de manivela. — O assunto principal foi a viagem. Meu genro elogiou o projeto, até se ofereceu brincando para vir conosco. E quis saber de onde partira a sugestão.

— E o senhor?

— Eu disse que partira de você.

— De mim.

— Para proteger Felipe. A mãe dele não simpatiza com essa viagem.

— Eliana?

— Sim.
— Ela disse por quê?
— Não.
— O senhor sabe por quê?
— Acho que sim. Para ela, sou uma pessoa vulnerável. E mais ainda depois de meu AVC. Ela talvez receie...
A pausa incontornável.
— ... receie...?
— ... que, por exemplo, eu me atire no Vesúvio.
— Por exemplo.
E sorri. *Ah, esse meu paciente... Atirar-se no Vesúvio!*
— Ela desconfia do que sou capaz — tento explicar em vão.
As distâncias entre nós cresciam a cada palavra.
— Capacidade todos temos. Mas razão para chegar lá?
— Razão? Não sei por onde andará a minha. Meus sonhos são de tal forma claros que receio... *Receio a realidade.* É ela que gera a ansiedade.
Ainda assim, o médico nada diz. Um cego a mais, circulando impunemente por minhas paisagens. A depender do desfecho de minha saga, ele talvez precise reler suas notas em busca de explicações. Nelas, porém, nada encontrará. Fora estranhos garranchos, contrapontos fiéis de meus desenhos. Um legado a mais...
Dessa vez para meu médico.

25

— Meus pesadelos se assemelham cada vez mais a miniaturas de grandes dramas. Como bibelôs pousados em uma estante, que gritassem suas denúncias no meio da noite. Para ninguém ouvir.

As sobrancelhas erguidas do médico sinalizam encorajamento.

— Acho que eu era professor, ou pelo menos dava aulas em alguma universidade. Marisa aparecia no sonho. Mas fazia só uma ponta. Eram os anos da ditadura. O personagem central era um homem que eu nunca tinha visto antes, mas que eu sabia ser o contato dos militares. Ele estava sendo apresentado na qualidade de assessor especial, em um evento social na reitoria. Todos nós, professores, funcionários e alunos, sabíamos exatamente o que isso significava. E ele sabia que nós sabíamos. Dava para notar a empáfia estampada na cara dele. O opressor instalado entre nós. Acolhido, recepcionado por nós... Só que, por alguma instrução superior, cabia a mim fazer a ponte entre esse homem, os professores e os alunos. Era esse o meu papel. Era o que todos esperavam de mim.

O que eu mesmo esperaria de mim?

— Durante a cerimônia, enquanto drinques e canapés eram servidos, eu tentava me aproximar desse homem. Primeiro para cumprimentá-lo, depois de modo a apresentar Marisa e, por fim, para dar início a alguma conversa amena, consciente de que todos nos observavam à distância. Eu amaldiçoava a razão que me teria levado a aceitar um encargo daquela natureza. E Marisa, que tudo via e entendia, me condenava com o olhar.

Busco a parede: os ponteiros do relógio se mantinham indiferentes à distância que nos separava do final de minha consulta.

— O cenário de repente mudou, era fim de tarde, escurecia, a universidade estava deserta. Marisa desaparecera e eu me via entrando na sala desse homem como se tivesse sido convocado por ele. Na penumbra, dava com sua figura agachada atrás de uma mesa, debruçado sobre o corpo de um rapaz que eu entendi estar morto, assassinado em algum ritual perverso. Havia sangue na camisa dos dois.

Estremeci diante da cena ainda cravada em minha memória.

— O olhar que dirigi ao homem encerrava uma pergunta: "O que é que você vai fazer agora?". Mas o dele, para mim, era mais incisivo. Significava: "A questão não é essa. A questão é: o que é que *você* vai fazer agora?...".

Caberia a mim dar sumiço ao corpo.

26

Em pequeno, Felipe por vezes passava os domingos comigo quando seus pais iam almoçar fora com amigos. E era comum cozinharmos juntos. Em um desses domingos, fizemos arroz chinês. Expliquei que o processo equivalia a tecer uma tapeçaria, dado o cuidado com que cada iguaria deveria ser tratada. A começar pelas regras associadas ao corte dos vegetais, à limpeza dos camarões e das carnes, passando pela cronologia da ida ao fogo de cada ingrediente, todos imersos em seus respectivos molhos e com eles cozinhados. Um ritual que, nos palácios de antigas dinastias, era secretamente observado, através de janelinhas com treliças, pelas concubinas dos imperadores.

— O que é treliça, Vô? E concubinas?

E eu explicava, fazia parte do aprendizado... Daí o lado mágico de que se revestiam aqueles momentos, que levavam Felipe a voltar aos braços maternos vagamente transfigurado em mestre-cuca do imperador Tsing Ling Ping. Livre para incorporar a seus jovens anseios uma cortesã de olhos castos.

Mas agora ele está em meu escritório. Veio se despedir de mim. A despedida passa por essas recordações, leva-nos de volta a nossa tapeçaria chinesa. E a nosso pendor por gastronomias orientais... Falamos dos prazeres que tudo devem à harmonia entre elementos nem sempre compatíveis. Menciono que essas misturas de ingredientes têm algo a ver com meus paradoxos.

— *Nossos* paradoxos... — Felipe corrige afetuosamente. — Foi minha a ideia dessa ida à Itália, lembra? Se dependesse de você, essa viagem jamais se realizaria. E também fui eu quem te deu a camiseta de presente, já esqueceu? *Too young to...*

Mas é em um tom distinto que ele pergunta:

— E, por falar nisso, fizeram as malas? O voo é amanhã à noite, não?

Sua voz mudou, soa ansiosa. Como eu, ele sabe que a partida se tornou irreversível. Tão incontornável quanto o espelho submerso de outras viagens. Caberá a mim, e a ninguém mais, confrontar-me com essas águas.

— Deixamos as malas para amanhã — respondo com tranquilidade. — Daqui não levaremos quase nada, algumas roupas leves, se tanto. E aquele meu blazer azul-marinho que eu te emprestei outro dia. É verão na Europa. Marisa pretende voltar com as malas cheias. De livros de arte, catálogos da Bienal... Com toda certeza, vai me obrigar a comprar sapatos, você conhece sua avó... Se eu bobear, um terno.

Para não lidar com a jornada que se anuncia, reclino-me em minha poltrona e menciono o mais recente fait divers de meu diálogo com o psiquiatra. Quando voltei a falar de minha visita ao Vesúvio. E relembrei que me recusara a subir até a cratera. Aventura a que Marisa se submetera com prazer em meu lugar, no que fora prontamente acompanhada pelas duas inglesas.

— *Les deux anglaises et le continent?* — interrompe Felipe.

— Lembrei ao médico que fiquei sentado em um banco por duas horas.

Porque o tempo de me aproximar ainda não tinha chegado.

— E ele?

— Pois é. Foi bem engraçado: ele perguntou se, dessa vez, eu subiria até a cratera.

— Ele disse *dessa vez*?

De olho agora no teto, respondo:

— Disse. Nesses exatos termos. Salvo alguma ironia, trata-se de pergunta que pressupõe a existência de um *antes* e um *depois*. Uma diferenciação entre duas viagens. A real, que se anuncia. E a...

— E a outra.

Fechado o ciclo, Felipe se cala. Não parece interessado em se perder nos meandros de minha história. Ou estará preocupado?

— Pode ser, Vô... — limita-se a dizer por fim.

É tarde para desistir. E cedo para saber o que ocorrerá em alguns dias mais. Quantos terão vivido histórias iguais à minha?

Felipe aguarda em silêncio. Um espelho em miniatura de meu médico esse meu neto. Nenhum dos dois tem como entender que no universo em que vivo não há espaço nem para *antes* nem para *depois*. Por múltiplas que sejam, as realidades transitam apenas no presente. As convergências, se ocorrerem, se darão na Itália.

Nápoles, Veneza... Morte, vida...

— Você não quer comer conosco? — indago.

— Obrigado, Vô — ele responde. — Mamãe está me esperando para jantar.

Felipe despede-se de Marisa com um beijo. Acompanho-o até a porta. Penso uma vez mais em meu antepassado, cujo navio zarpara do cais do porto, na praça Mauá, na virada do século XX. E para facilitar as despedidas que ambos desejamos evitar:

— Não se esqueça de nosso imperador.

— Tsing Ling Ping... — ele diz, enquanto aperta o botão do elevador. — Dele e de suas concubinas... Nunca saíram de minha cabeça.

São palavras que se substituem com mérito às serpentinas no cais do porto de meu antepassado. E que, por isso, me confortam. Missão cumprida, posso embarcar em meu zepelim sem maiores preocupações.

O elevador chega, Felipe me abraça na penumbra. Noto que evita meu olhar. Algo em sua postura sugere um apelo que não ousa formular. Algo que, se traduzido em palavras, recomendaria prudência. Mas a quem? Ao avô de carne e osso, que conhece desde pequeno — e admira à sua maneira? Ou a sua imagem fugaz, que volta e meia se deixa entrever em dimensões desconhecidas?

27

Tão logo encerrado o jantar, deixo Marisa às voltas com os preparativos finais da viagem, que envolvem transferir nossos dois gatos para a casa da vizinha, a quem também será confiada a tarefa de regar as plantas. E há telefonemas a ser dados, horários da diarista a ser definidos, contas que precisarão ser pagas em nossa ausência.

Tranco-me então em meu escritório: quatro fileiras de soldadinhos de chumbo aguardam uma última camada de tinta. Depois do psiquiatra e de meu neto, é deles que quero me despedir.

São as tropas que Napoleão inspecionará em algumas horas mais, antes da batalha de Waterloo. Não posso simplesmente abandoná-las à própria sorte. Pois esses infelizes morrerão antes do entardecer em uma carnificina que hoje se perde entre as páginas mofadas dos velhos livros de História. Vítimas de um eterno absurdo, cujas origens remontam à Idade da Pedra e nos afrontam nos dias de hoje. E que por isso me comovem.

No que depender de mim, esses homens partirão para a morte de bem com a vida, trajando uniformes impecáveis, adornados com cores reluzentes, as armas brilhando nas mãos. Em melhores condições do que eu.

Daí a homenagem que lhes presto. Do contrário, sairiam todos de cena como nela entraram, fazendo apenas figuração. Mas em minha história terão merecido um lugar ao sol. Em Copacabana, pelo menos, o rufar de seus tambores foi ouvido mais de uma vez.

Também eu viverei um Waterloo na viagem que se anuncia. Meu encontro com águas de profundidades, temperaturas, colorações e correntezas diferentes...

Concentro-me nas formas metálicas que me encaram em silêncio. Sei que, se pudessem, bateriam continência para mim. Até onde me é dado imaginar, suponho que o clarim do batalhão soaria, em minha honra, o toque de recolher.

É no que penso, atracado a meus ínfimos pincéis, amparado, aqui e ali, por minha lupa, viajante inveterado que sou, hesitando entre o passado e o futuro, tendo por toda bagagem a velha chapeleira de minha mãe.

28

— Em que é que você está pensando?
— Em nada. Estou lendo sobre essa nossa viagem. Às vezes me pergunto por que demoramos tanto para visitar a Itália.
Marisa não parece ter registrado o que eu disse. Telefona para a portaria, pede mais cabides para suas saias. Estamos nos instalando no Hotel Garibaldi, em um quarto com direito, como nos assegurara a agência brasileira de turismo, a uma vista parcial da baía de Nápoles. Marisa cuida de nossas roupas. E eu folheio o guia turístico obtido na recepção.
— O que eu me pergunto — ela comenta — é por que começamos por Nápoles e não Roma. Ou Milão e, dali, Veneza. Teria feito mais sentido.
Traduzo em voz alta um trecho selecionado de meu folheto: "Trata-se da terceira maior cidade da Itália. Com uma população de um milhão de pessoas, é dotada de rico acervo artístico, parte do qual inscrito pela Unesco como Patrimônio da Humanidade".
Patrimônios. Os pessoais pesam tão mais... Hoje, quando viajo, evito regressar às cidades nas quais criei raízes em outras épocas. Voltar aos locais onde vivemos em fases distintas de nossa vida, felizes ou infelizes, sempre provoca uma curiosa sensação — próxima à intimidade.
Mas uma intimidade apenas resgatada, vulnerável ao assédio de uma profusão de memórias superpostas e desencontradas... Dos restaurantes frequentados com amigos que se foram aos cinemas que já não exibem as obras-primas que nos emocionaram no passado. Da mercearia da esquina que cedeu

espaço ao McDonald's aos parques onde nossos filhos brincavam quando crianças — e que ressurgem cercados de grades por todos os lados.

Um velho e conhecido desafio, esse, o de tentar transpor os limites criados pela familiaridade ao lidar com novas realidades. Talvez o que de mais semelhante exista ao distanciamento sugerido pelas miragens. Como a que agora me leva em busca do Vesúvio de minha infância.

© Edgard Telles Ribeiro, 2020

Todos os direitos desta edição reservados à Todavia.

Grafia atualizada segundo o Acordo Ortográfico da Língua Portuguesa de 1990, que entrou em vigor no Brasil em 2009.

capa
Julia Masagão
ilustração de capa
Cristina Daura
preparação
Silvia Massimini Felix
revisão
Jane Pessoa
Valquíria Della Pozza

Dados Internacionais de Catalogação na Publicação (CIP)
——

Telles Ribeiro, Edgard (1944-)
O impostor: Edgard Telles Ribeiro
São Paulo: Todavia, 1ª ed., 2020
80 páginas

ISBN 978-65-5114-005-1

1. Literatura brasileira 2. Romance
3. Ficção contemporânea I. Título

CDD B869.93
——

Índice para catálogo sistemático:
1. Literatura brasileira: Romance B869.93

todavia
Rua Luís Anhaia, 44
05433.020 São Paulo SP
T. 55 11. 3094 0500
www.todavialivros.com.br

fonte
Register*
papel
Munken print cream
80 g/m²
impressão
Geográfica